# LES ÉCHOS

DES

# CONCERTS

## RECUEIL

**de Chansons les plus en vogue**

CHANTÉES DANS

TOUS LES CONCERTS DE PARIS

**Prix : 50 Centimes**

**PARIS**

Ve Roger, 22, rue des Écouffes, 22

# LES ÉCHOS

DES

# CONCERTS

---

RECUEIL

de Chansons les plus en vogue

CHANTÉES DANS

TOUS LES CONCERTS DE PARIS

---

**Prix : 50 Centimes**

---

PARIS

Chez Mme V. Roger, 22, rue des Écouffes, 22

# LES ECHOS

# DES

# CONCERTS

## RECUEIL

de Chansons les plus en vogue

chantées dans

TOUS LES CONCERTS DE PARIS

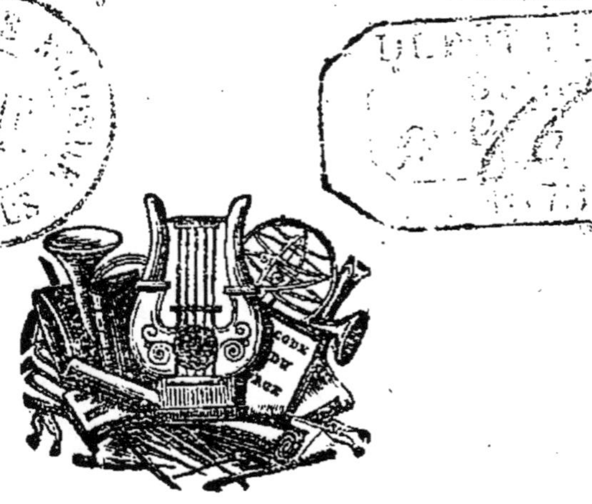

PARIS

Mme Ve ROGER, éditeur, 22, rue des Ecouffes.

# LA VOIX
DE
# LA FRANCE

CHANT PATRIOTIQUE.

Paroles de M. FELIX BAUDIN.

AIR : *L'âme de la Pologne,*

Peuple français, toi qui marches à la tête
Des nations de ce vaste univers,
Va de tes droits achever la conquête,
La liberté brise tes derniers fers.
Tu vas choisir entre un passé sublime
Et l'avenir rayonnant de clarté.
Ah! dans tes vœux, peuple, sois unanime,
Montre ta force et ta virilité.

Ecoutez-moi, je suis la France,
En moi seule, ayez confiance,
A tous, je parle d'espérance,
D'amour et de fraternité.
Mes fils ont montré leur vaillance,
Allant porter l'indépendance
Aux peuplespleurant en silence
Sous un joug dur et redouté.
La France est pour vous doux symbole :
La mère qui prie et console.
J'ai pris ma divine auréole
Au soleil de la liberté.

Vous, ouvriers, soldats de l'industrie,
Dont les travaux sont dans le monde entier,
Sans nul rivaux, de votre âme aguerrie
Que l'arrêt juste arrive le premier.
Laissez les sots craindre encor les alarmes,
Unissez-vous et vous deviendrez forts.
Et si ma voix, un jour, vous crie : Aux armes!
Souvenez-vous de vos ancêtres morts.

Ecoutez-moi, etc.

Et vous, guerriers, dont les pères terribles
Firent trembler les tyrans ennemis,
Comme eux aussi vous serez invincibles,
Si fiers et forts vous restez réunis.
Avant d'entrer aux cohortes guerrières,
Sans doute aussi vous étiez artisans?
Peuple et soldats ont toujours été frères,
Ils doivent donc marcher en même temps.

Ecoutez-moi, etc.

Unissez-vous! la devise est féconde,
C'est le moteur des grandes actions,
C'est le levier qui fait trembler le monde,
C'est le progrès, le but des nations.
Et quand plus tard vos fils seront des hommes,
Si pareil jour se présente pour eux,
Ils diront fiers : Ah! montrons que nous sommes
Les mâles fils de nos mâles aïeux.

Ecoutez-moi, etc.

# LE
# SERVICE OBLIGATOIRE

Paroles de JONATHAM.

Air : *Feu, feu, M. Mathieu!* ou *Gai, gai, serrons nos rangs.*

REFRAIN.

Plan ! Plan !
Oui, l'on nous prend
Pour la gloire
Obligatoire ;
Plan ! Plan !
Oui, l'on nous prend
Pour la gloire
Tous, en avant !

L'obligation chez nous,
Et de mode
Fort commode ;
Nos voisins en sont jaloux,
Car nous nous obligeons tous !
Plan ! Plan !

Si l'on aime sans détour,
En ménage
L'on est sage,
Chacun voit là, chaque jour,
Qu'obligatoir et l'amour !
Plan ! Plan ! etc.

Amis, si l'adversité
Encor voile
Notre étoile,
Nous sommes pour l'écarter.
Bien obligés de chanter :
Plan ! Plan ! etc.

Réparons sans sourciller,
Les misères
De nos guerres,
Nous sommes, pour mieux briller,
Obligés de travailler !
Plan ! Plan ! etc.

Français ! le dirais-je en vain,
Dans le verre
Plus de bierre,
Buvons gaîment notre vin,
A la santé du destin !
Plan ! Plan ! etc.

Inscrivons sur nos drapeaux,
La victoire
Obligatoire,
Et tous nos vaillants héros
Nous crirons de leurs tombeaux :
Plan ! Plan !

Plan ! Plan !
Oui, l'an nous prend
Pour la gloire
Obligâtoire :
Plan ! Plan !
Oui, l'on nous prend
Pour la gloire.
Tous en avant !

# EN AVANT
## LES
# PAYSANS

Paroles de Maurice PATEZ.

Air : *Ho! du bataillon d'Afrique.*

Le tein bronzé sous le hâle,
La poussière et le soleil,
Voyez cette race mâle
Que féconde un sang vermeil;
Ce sont les hommes des champs,
Ennemis du bruit des villes.
Honneur aux hommes utiles! } *Bis.*
En avant, les paysans! }

Juillet embrase la plaine,
Et le pauvre moissonneur
Penche, sans reprendre haleine,
Son front baigné de sueur...
Mais, sous ses bras triomphants,
Tombe la moisson féconde,
C'est le pain de tout le monde...
En avant, les paysans!

La joie éclate et rayonne,
Chacun se livre au plaisir
Quand le doux fruit de l'automne,
Le raisin, l'on va cueillir.

Écoutez, partout des chants,
La peine en plaisir se change,
C'est le temps de la vendange.
En avant, les paysans !

Le fer, qui par eux féconde,
Repose au jour du danger,
Et chacun s'arme à la ronde
Pour courir à l'étranger.
Jadis partit de leurs rangs
Ce fier cri d'indépendance :
En avant, c'est pour la France!
En avant, les paysans!

Plus que ce Paris qu'on vante
La campagne a des splendeurs,
Sous les grands bois l'oiseau chante
Et, partout l'on voit des fleurs.
Sachons aimer en tout temps
Le sol qui nous a vu naître;
Pour y trouver le bien-être...
En avant, les paysans!

Que partout, dans les familles,
Règne l'accord le plus doux,
Jeunes garçons, jeunes filles,
Aimez-vous, mariez-vous.
Ainsi, plus tard, vos enfants
Rediront, l'âme attendrie :
L'amour embellit la vie...
En avant, les paysans

# LES ENFANTS
## DES
# FAUBOURGS

Paroles de MAURICE PATEZ.

AIR : *du grénier de Béranger* où *T'en souviens-tu etc.*

Faisons vibrer la lyre populaire,
De l'artisan célébrons les vertus,
Jetons des fleurs dans la rude carrière,
Qui bien souvent déchire ses pieds nus,
Sans dénigrer plein de haine jalouse,
De plus d'un grand et l'or et le velours,
Un noble cœur peut battre sous la blouse,
C'hantons chantons les enfants des faubourgs !

De leur destin pour abréger le chaînes,
Dieu pour trésor leur donna la gaîté,
Le sang gaulois qui coule dans leurs veines,
S'est conservé dans sa virilité,
Ils ont grandi sous cet astre qui brille,
La liberté ! soleil de nos grands jours,
Et devant eux s'écroula la Bastille...
Honneur honneur aux enfants des faubourgs !

Quand retentit comme un coup de tonnerre,
Ce saint appel: *la France est en danger!*
Tous des premiers volaient à la frontière,
Pour repousser le farouche étranger,
En entonnant un chant patriotique,
Qui dominait le bruit de leurs tambours,
Courait au feu leur phalange héroïque...
Honneur honneur aux enfants des faubourgs!

Leur sang, depuis, coula dans vingt batailles.
Que de héros, sont sortis de leurs rangs,
Vienne et Berlin, virent dans leurs murailles,
Ces fils du peuple à regret... conquérants.
Quand sous le poids d'une infortune immense
Napoléon succombait pour toujours,
Qui sous Paris, mourait pour sa défense?...
C'était encor les enfants des faubourgs !

# LA
# BLONDE DIJONNAISE

Paroles de A. BERMOND.

AIR de *la Belle Dijonnaise.*

Dans la vill' de Dijon,
Ah! ah! ah! ah! saperlotte!
Dans la vill' de Dijon,
Qui ne connaît Mad'lon?
Blonde comme la lune
Et la prunelle brune,
Droite comme un beau lis
Sur ses p'tits pieds jolis,
Ah! qu'elle était à l'aise . (*Bis.*)
La blonde Dijonnaise.

Le papa très-content,
Ah! ah! ah! ah! saperlotte!
Par mois, lui donnait tant
Et disait dans ses dents,
C'est pour son p'tit ménage,
Au jour du mariage.
Mais les maris, hélas!
Ne se présentaient pas.
Elle n'en était guère aise (*Bis.*)
La blonde Dijonnaise.

Cependant moi j'l'aimais,
Ah! ah! ah! ah! saperlotte!
Tout's les nuits j'en rêvais
Et sans dormir jamais.

Un beau jour en cachette,
J' lui fis don d'un' coll'rette,
En la mettant au cou,
Elle rougit beaucoup.
Ah! qu'elle était à l'aise (*Bis.*)
La blonde Dijonnaise.

Mais un autre l'aimait,
Ah! ah! ah! ah! saperlotte!
Les cadeaux qu'il faisait,
Tout cela me gênait.
J'avais beau lui sourire
Ell ' ne savait que dire,
Et, dans son embarras,
Ne se prononçait pas.
Ell ' n'était guère à l'aise (*bis*)
La blonde Dijonnaise.

Mais un jour, oh là! là!
Ah! ah! ah! ah! saperlotte!
Le vilain la plant ' là,
Et seule la voilà.
De chagrin la fillette
Prit la poudr ' d'escampette;
Laissant les gens surpris,
Car d'partir pour Paris
Ell ' se trouvait bien aise (*bis*)
La blonde Dijonnaise.

Ell' pleura bien un brin,
Ah! ah! ah! ah! saperlotte!
Mais un troupier malin,
Calma vit' son chagrin.
Cependant notre belle
Eut un jour un' querelle,
Et laissa le troupier
Pour suivre un beau pompier.
Ell' n'était guère à l'aise (*Bis.*)
La blonde Dijonnaise.

# L'AMOUREUX DE SUZON

Paroles de L. LACROIX.

AIR : *Le retour de Suzon.*

suis seul et personn' ne m' voit
peux ben dir' que j'aime Suzette;
Aussitôt qu'elle m'aperçoit,
J' n'os' plus tant seul'ment l'ver la tête.
C'est y la bêtise ou l'amour ?
Un mot suffit pour me confondre,
Et quand elle me dit bonjour,
Je n' sais vraiment quoi lui répondre.

Je t'aime tant, ô ma Suzon !
Ma p'tit' Suzette,
Ma joliette !
Je t'aime tant, ô ma Suzon,
Que j'en vais perdre la raison.

C'est qu'elle vous a des grands yeux,
En y songeant les miens se mouillent,
Bleus et profonds comme les cieux,
Qui, jusque dans l' cœur, vous farfouillent !
Oh ! pour les soutenir, voilà !
Faut une conscience belle,
Et j' baiss' les yeux quand elle est là...
Ell' verrait que j' suis épris d'elle.

Je l'aime tant, ô ma Suzon,
Ma p'tit' Suzette,
Ma Joliette !
Je t'aime tant, ô ma Suzon,
Que j'en ai perdu la raison.

L'aut' jour j' m'étais mis en chemin
Pour aller jusqu'à son village;
J' voulais, entre deux verr's de vin,
Faire un' demande en mariage;
Mais, bah ! le courage m'a manqué;
Elle était là, près de son père...
Avec moi n'a-t-ell' pas trinqué !...
En trinquant j'ai cassé mon verre.

Je l'aime tant, ô ma Suzon,
Ma p'tit' Suzette,
Ma Joliette !
Je l'aime tant, ô ma Suzon,
Que j'en ai perdu la raison.

Maintenant que j' suis seul, je n' vois pas
Pourquoi je n' dirais pas que j' l'aime;
Mais j'entends comme un bruit de pas...
C'est ma Suzon c'est elle-même,
C'est Suzon qui me tend la main;
Le bonheur inonde mon âme !
Elle m'a dit : « Reviens demain,
Si tu veux, je serai ta femme. »

Je t'aime tant, ô ma Suzon,
Ma p'tit' Suzette,
Ma joliette !
Je t'aime tant, ô ma Suzon,
Que j'en ai perdu la raison.

# PETIT BONHOMME VIT ENCORE

Paroles d'ANTIGNAC

AIR : *Des Coquilles.*

Contre vos vers et vos repas
S'il s'élève un censeur austère,
Joyeux rimeurs, je ne crois pas
Qu'il parvienne à vous mettre en terre.
S'il s'obstine à vous condamner,
Tous les mois, d'une voix sonore,
A l'oreille il fau lui corner :
*Petit bonhomme vit encore.*

Bravant l'inconstance du sort,
Qui du soir au matin le berne,
Certain fou ne se croit pas mort
Tant qu'il peut jouer le quaterne.
Il va toujours, bien convaincu
Que dans la boîte de Pandore
S'il peut retrouver un écu,
*Petit bonhomme vit encore.*

Chers neveux, dit un moribond,
Vous attendez ma fin prochaine ;
Ne vous lassez pas, je tiens bon,
Et je passerai la centaine.
Pour contrarier vos plaisirs,
Grâce au vin vieux qui me restaure,
Malgré mon asthme et vos désirs,
*Petit bonhomme vit encore.*

Panard, ce chansonnier divin,
Qu'à juste titre l'on renomme,
A côté d'un grand écrivain
Panard n'est qu'un petit bonhomme ;
Et pourtant lorsque le néant
Sans aucune pitié dévore
Les débris de plus d'un géant,
*Petit bonhomme vit encore.*

Avec ce refrain innocent.
Dont un jeu consacra l'usage,
L'aimable folie en passant
Nous donne une leçon bien sage.
Le Temps, qui fuit et rit de nous,
Nous dit en ramenant l'aurore :
« Jouissez et dépêchez-vous :
*Petit bonhomme vit encore.*

HISTOIRE

DU

# CAPORAL FRANCOEUR

RACONTÉE PAR SA MÈRE

Paroles de SHENRY.

Air du *Caporal*.

Enfants, près de votre grand'mère,
Venez, je vais parler de lui;
Je vais parler de votre père,
Ravi trop tôt à votre appui.
Ici, dans ce pauvre village,
Chacun connaissait mon Francœur,
On l'estimait pour son bon cœur,
On l'admirait pour son courage.

REFRAIN.

O mes enfants, retenez bien
Ce que vous dit votre grand'mère;
Car votre nom était le sien,
Votre seul trésor sur la terre...
— Souvenez-vous, n'oubliez rien.

A seize ans, pour sauver son frère
Il partit s'engager gaîment,
Et, par son humeur, il sut plaire
Aux braves de son régiment.
En Afrique, dans les zouaves,
Il passa premier caporal;
Plus d'une fois, son général
Le nomma le brave des braves.
O mes enfants, etc.

Dans les plaines de l'Italie
On le vit toujours en avant,
Sans crainte prodiguer sa vie,
Et bien des fois coula son sang.
A Magenta, sous la mitraille,
Son bataillon courait vainqueur:
Votre père eut la croix d'honneur,
Le soir, sur le champ de bataille.
O mes enfants, etc.

Un jour, jour de deuil et de larmes!
On dit la patrie en danger;
Francœur, soudain, reprit les armes
Pour courir sus à l'étranger.
Je vis pâlir son beau visage,
Lorsque, sur vos fronts soucieux,
Il mit de longs baisers d'adieu..
Il ne revint plus au village.
O mes enfants, etc.

Il tomba dans la lutte sainte,
Là-bas, sous les murs de Paris,
Dont il gardait la noble enceinte,
Splendeurs de nos derniers débris.
Héroïque dans sa souffrance,
Francœur, de ses regards mourants,
Cherchait près de lui ses enfants
Pour les consacrer à la France.

O mes enfants, conservez bien
Le souvenir de uotre père;
Un nom sacré comme le sien
Est un trésor sur cette terre...
— Souvenez-vous, n'oubliez rien.

# LE RIDEAU
## DE LA
# MARGUERITE

Paroles de J.-E. AUBRY.

AIR : *Du chapeau de la Marguerite.*

Tout en face de ma fenêtre,
Aussitôt que paraît le jour,
En chantant, je vois apparaître
Celle pour qui j'ai de l'amour.
C'est une fille qui mérite
De connaître le vrai bonheur,
Elle travaille avec ardeur,
Son aiguille va toujours vite;
Mais pour l'admirer comme il faut,
Ce qui gêne, c'est le rideau,
Le rideau de la Marguerite.

Matin et soir, quand elle arrose
Ses fleurs qu'elle soigne avec art,
A ma fenêtre je me pose,
Et nous échangeons un regard,
Et puis, aussitôt elle quitte
La place où j'aime tant la voir
Par pudeur comme par devoir,
Elle fait retomber de suite,
L'obstacle qui me fait jurer.
Parfois, je voudrais déchirer
Le rideau de la Marguerite.

Elle lèverait, j'imagine,
Si son cœur connaissait mon cœur,
Son beau rideau de mousseline,
Qui seul s'oppose à mon bonheur.
Sa voix, sous le toit qu'elle habite,
Se ferait entendre bien mieux,
Et mon cœur serait plus joyeux
Lorsque la chanson serait dite;
Mais pour voir un ciel pur et beau,
Je vois se lever le rideau
Le rideau de la Marguerite.

A ma fenêtre elle regarde,
Et semble me dire : espérez,
En de beaux jours que Dieu nous garde,
Qui pour nous deux sont préparés.
Sa main si blanche, si petite,
Oublia depuis ce moment,
Pour me rendre le cœur content,
Comme avant, de baisser de suite,
Ce qui me causait du chagrin,
C'est pour moi que se lève, enfin,
Le rideau de la Marguerite.

Lorsque Marguerite, que j'aime,
Sera ma femme pour toujours,
Toujours on me verra moi-même,
Baisser le rideau tous les jours,
Car il est prudent qu'on évite,
Les regards par trop indiscrets;
En ménage, il est des secrets,
Qu'il ne faut que l'on ébruite.
Pour que nous ne soyons pas vus,
C'est moi qui ne me plaindrai plus,
Du rideau de la Marguerite.

# LES VIEUX PRINTEMPS

Paroles de SHENRY.

*Même* Air.

« Soixante sous!... La recette est superbe!
» Et juin pour nous a de riches moissons;
» Va! nous irons demain rouler sur l'herbe
» Et du printemps aspirer les frissons.
» Vois, le Levant de ses couleurs splendides
» Teint chaudement le fleuve aux fraiches voix
» De nos amours cachons les feux limpides
» Sous les arceaux ténébreux des grands bois, »
Et tous deux battaient la campagne,
Le cœur heureux,
Vieux compagnon, vieille compagne,
Chantant tous deux.

Son corps courbé, tordu comme un vieux saule,
Suivait pensif le pas du cher aimé
Qui reniflait, en détournant l'épaule,
L'acre parfum d'un culot ranimé.
Et quelquefois, clignant de la paupière,
Ils admiraient un barbet aux poils blonds.
Laid, rechignant, dont l'œil sans lumière,
Morne, fixait les zig-zags des sillons

Et tous deux, etc.

Un an plus tard, en juin soixante et onze,
Errant encor dans ces maudits chemins
Où les canons à culasse de bronze
Avaient fauché tant de membres humains,
Je recherchais dans la plaine dorée,
Dans les sentiers, la trace de leurs pas ;
Mon vieux chanteur et sa vieille adorée,
Ah ! quel malheur ! Je ne les trouvais pas...

Tous deux battaient-ils la campagne, etc.

Mais au Levant, dans les ondes du fleuve,
Tout scintillait d'or et d'azur naissant,
Et dans les blés, marchant en jeune veuve,
Seule Elle allait le corps tout languissant.
Le regard plein d'un vin sombre qui brille,
Elle tenait, comme avant, par la main
L'affreux barbet dont la voix s'égosille
A dire l'heure aux passants du chemin

Seule, elle battait la campagne
Cherchant son vieux ;
L'écho chantait : pauvre compagne
Il est au cieux.

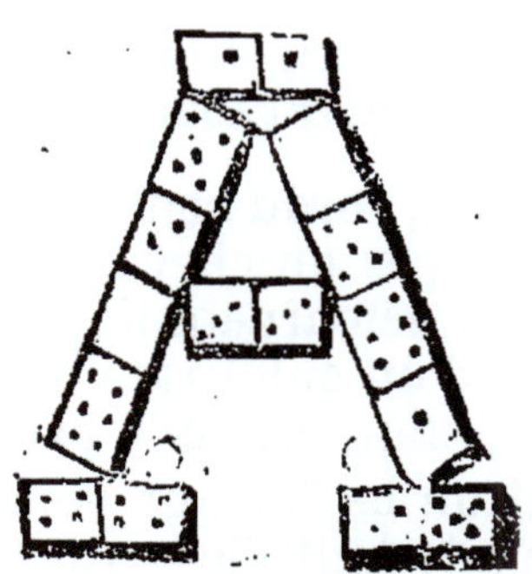

# LA FLEUR DE ST-FLOUR

AVENTURE.

Paroles de Louis DELACHAUSSÉE.

Air de : *Petitpetap* ou des *Petits souliers*. (T. Trim.)

L'auvergnate Catha. tra tra
Déridéri tra tra, dérideri dérideéra,
L'auvergate Catharina,
Et youp tra déridéra.

Un jour à Paris dé, tra tra
Déridéri tra tra, dérideri déridéra,
Un jour à Paris débarqua,
Et youp tra déridéra.

Quand soudain elle ren, tra tra
Déridéri tra tra, dérideri déridéra,
Quand soudain elle rencontra,
Et youp tra déridéra.

Un galant et bel Au, tra tra
Déridéri tra tra, dérideri déridéra,
Un galant et bel Auvergnat,
Et youp tra déridéra.

Qui sans s'épater l'en, tra tra
Déridéri tra tra, dérideri déridéra,
Qui sans s'épater l'engagea,
Et youp tra déridéra.

A prendre avec lui le, tra tra
Déridéri tra tra, dérideri déridéra,
A prendre avec lui le moka,
Et youp tra déridéra.

En le prenant il lui, tra tra
Dérideri tra tra, dérideri dérideri dérideré;
En le prenant il lui conta,
Et youp tra dérideré.

Qu'avec elle il se ma, tra tra
Dérideri tra tra, dérideri dérideré
Qu'avec elle il se mariera,
Et youp tra dérideré.

Pourvu qu'elle veuille, tra tra
Dérideri tra tra, dérideri dérideré,
Pourvu qu'elle veuille, fouchtra,
Et youp tra dérideré.

La fleur de Saint-Flour dit : tra tra
Dérideri tra tra, dérideri dérideré
La fleur de Saint-Flour dit : Cha va;
Et youp tra dérideré.

En son ardeur il lui, tra tra
Dérideri tra tra, dérideri dérideré,
En son ardeur il lui paya,
Et youp tra dérideré.

Un beau manchon en peau de, tra tra
Dérideri tra tra, dérideri dérideré,
Un beau manchon en peau de chat,
Et youp tra dérideré.

Un mois après il l'é, tra tra
Dérideri tra tra, dérideri dérideré,
Un mois après il l'épousa,
Et youp tra dérideré.

Ce fut ce jour là qu'on, tra tra
Dérideri tra tra, dérideri dérideré,
Ce fut ce jour qu'on nocha,
Et youp tra dérideré.

# PAUVRE PAQUERETTE

ROMANCE.

Paroles de A. DALÈS. — Musique de AD. VAUDRY.

*La Musique se trouve chez Mme Ve ROGER, éditeur, rue des Ecouffes, 22, à Paris.*

Blanche Marguerite,
Que la brise agite,
Ma belle petite
Je me fie à toi!
Ma main indiscrète
T'effeuille en cachette.
Pauvre paquerette } *Bis.*
Vite réponds-moi. }

Etoile des champs, c'est Julien que j'aime,
Lui seul chaque jour, fait battre mon cœur
Fraîche fleur, dis-moi, s'il m'aime de même
Et si mon Julien n'est pas un trompeur.

Blanche Marguerite, etc.

Loin des indiscrets quand ma main te cueille,
Puisse-tu répondre : Il t'aime beaucoup!
Surtout que jamais ta dernière feuille
Ne vienne exprimer le mot : Pas du tout!

Blanche Marguerite, etc.

Sur le vert gazon quand je te rejette,
Douce fleur des champs que je plains ton sort!
O pardonne-moi, pauvre paquerette,
Hélas! mon amour a causé ta mort!...

Blanche Marguerite, etc.

# LA CHANSON
## DES
# MOISSONNEURS

Paroles de Joseph EVRARD.

Air : *Je pense à Dieu qui fit la Liberté.*

Le vrai bonheur habite sous le chaume
Du laboureur au cœur modeste et bon,
Il est actif, jamais son bras ne chôme ;
La terre attend, le grain est au sillon.
C'est le mois d'août, un chaud soleil colore
Les blés mûris partez; vaillant faucheurs;
Voici du pain, la grange est pleine encore...
Gloire au travail, salut aux moissonneurs !

Est-il aux yeux un tableau plus superbe
Que tous ces blés, splendides océans,
Dont chaque flot est une immense gerbe ?
La terre encor nourrira ses enfants.
Là, du soleil, la brune moissonneuse
Brave en chantant les plus rudes ardeurs,
Et laisse encor du grain pour la glaneuse...
Gloire au travail! salut aux moissonneurs !

Si, par malheur, la pluie est persistante,
Vers la mi-août, adieu belles moissons...
En grains germés la plaine est décevante
Et sous le chaume, il n'est plus de chansons!
— Courage, enfants! voyez, le soleil brille;
Entonnez donc vos plus agrestes chœurs...
La gourde au flancs, aiguisez la faucille...
Gloire au travail! salut aux moissonneurs !

Nos paysans, sous leur grossière bure,
Ont un orgueil: c'est le sol! c'est l'honneur!
S'embusquent-ils sous un dais de verdure?
Leur vieux mousquet va frappant droit au cœur!
Ils ont frémi, quand notre belle France
Dut succomber sous ses envahisseurs...
De nos malheurs ils, gardent souvenance:
Gloire au travail! salut aux moissonneurs

# LE
# DIABLE ET LA JEUNE FILLE

*Historiette.*

Paroles de Hippolyte DURAND.

AIR : *Le coup de vent.*

Un jour s'en allait au bois,
Pour y cueillir la noisette,
Une fille au doux minois,
Que l'on nommait Paquerette;
Elle marchait en chantant
Une folle chansonnette,
Quand, devant elle riant,
Tout à coup parut Satan.

REFRAIN.

Tra la la la la la la.
Petites filles,
Gentilles.
Tra la la pour votre cœur:
Choisissez un défenseur.

Alors d'une grosse voix,
Satan lui dit : ma petite,
Qu'alliez-vous donc faire au bois,
Et quelle ardeur vous agite ?
A répondre sans détours,
Songez que je vous invite,
Car je devine toujours
Tous les secrets des amours.

Tra la, etc.

Tremblante, la douce enfant
Répondit : Monsieur le diable,
Sachez que j'ai pour amant
Un gars à l'air très-aimable.
Il m'attend au bois voisin,
Pour moi, soyez charitable,
Et laissez-moi ce matin
Aller trouver Mathurin.

Tra la, etc.

Satan dit : De Cupidon
Je suis l'ennemi sincère,
Puisque tu suis sa leçon
Je t'entraîne en mon repaire ;
Mais apparut Mathurin,
Il se signe, et sous la terre
Qui l'engloutit en son sein,
Disparut le diablotin.

Tra la, etc.

Paquerette et Mathurin
Retournèrent au village,
Et le maire, un beau matin,
Célébra leur mariage.
Il furent toujours heureux.
Dans le bois au vert feuillage,
Se promenant deux par deux,
Se cachent les amoureux.

Tra la, etc.

# Les Enfants du Bon Dieu.

Paroles de Mme ROGER.

AIR : *C'est l'heure où s'endorment les Roses.*

Venez au bord de ma fenêtre,
Venez partager mon pain noir,
Pauvres oiseaux, demain peut-être
Il sera trop tard pour me voir;
Ce pain dur que je vous émiette,
C'est le seul qui me reste; adieu!
Vous chantez... Moi je suis poëte,
Nous sommes enfants du bon Dieu.

Vous aimez l'épaisse ramure,
A l'ombre des grands arbres verts;
Quand mai refleurit la nature,
J'écoute vos divins concerts!
Comme vous, troupe vagabonde,
L'hiver, je suis sans feu ni lieu!
Et pourtant, nous charmons le monde!
Nous sommes enfants du bon Dieu!

Si vous mordez à l'or des treilles,
Vite, on crie après les moineaux.
Mais vous remplissez les corbeilles
En détruisant les vermisseaux.
Chantez donc, votre gloire est grande;
Enfants des airs, sous le ciel bleu!
Chantons, le printemps nous commande!
Nous sommes enfants du bon Dieu!

Laissons les ingrats de la foule
De nous détourner leur regard.
La vie est semblable à la boule
Qui lancée arrête au hasard.
Que ne puis-je, en quittant ma sphère,
Comme vous, m'élever un peu!...
A chacun son lot sur la terre!
Nous sommes enfants du bon Dieu.

# NE CHANTEZ PAS LA GUERRE

Paroles d'Auguste HARDY.

Air : *de l'Enfant du bon Dieu.*

Un jour, dans un pauvre village,
Ravagé par les ennemis,
Une femme de bien grand âge
Pleurait sur les maux du pays;
Des enfants pleins d'insouciance,
Près de là, chantaient de la France
La gloire et l'honneur des combats.
Arrêtez vos chants de victoire,
Leur dit la vielle, car la gloire
Nous cause trop de deuil, hélas!

REFRAIN.

Oui, croyez-moi, ne chantez pas la guerre.
Elle a causé trop de maux ici-bas.
Je vous le dis parce que j'étais mère
Et que mon fils est mort dans les combats.

Nous habitions une chaumière
Où nous vivions en travaillant,
Lorsqu'on me dit : O pauvre mère !
On va vous prendre votre enfant.
Mon fils, mon unique espérance,
Va partir pour sauver la France !
Mon Dieu, faites qu'il soit vainqueur !
Mais hélas ! l'affreuse mitraille
Le tua dans une bataille ;
Depuis, je n'ai plus de bonheur.

Ah ! croyez-moi, etc.

Seule maintenant sur la terre,
Je dois vivre dans la douleur ;
Mais dans les cieux, bientôt, j'espère
Que m'appellera le Seigneur.
— Cessez vos pleurs, ô pauvre femme,
Dit alors une jeune dame,
Venez vivre dans mon logis ;
Là, vous serez de la famille,
Je serai comme votre fille
Et nous prierons pour votre fils.

Enfants, enfants, ne chantez pas la guerre,
Elle a causé trop de pleurs ici-bas ;
Vous avez vu les larmes d'une mère,
Dont le cher fils est mort dans les combats.

# NOS CUIRASSIERS
## À REISCHOFFEN

Paroles de A. DUCHENNE.

Un jour entier d'une lutte sanglante
Avait couché les cadavres en tas;
Pour l'ennemi la victoire était lente,
Un contre cinq se battaient nos soldats.
Et Reischoffen, date fatale et sombre,
Honore en nous soldats et généraux;
Quand ils tombaient, accablés par le nombre,
Quand la défaite en faisait des héros.
  On vit soudain comme un torrent d'acier
  Passer rapide à travers la fumée
  Ces fiers géants qui, pour sauver l'armée,
  S'en vont mourir ainsi jusqu'au dernier.
  Honneur et gloire au brave cuirassier!

C'en est donc fait, la victoire est trompée;
On voit au loin se serrer les Germains.
« O cuirassiers! la retraite est coupée,
» Il faut foncer sur ces remparts humains.
» La France ici de son destin vous charge. »
Ils ont compris qu'ils devaient tous mourir!!!
Puis, pour tailler la trouée assez large,
Pour qu'à la nuit l'armée en pût sortir.
  On vit soudain, etc.

Chez l'Allemand que ces combats horribles
Avaient glacé de crainte et de stupeur,
Nos cuirassiers, dans quatre chocs terribles,
Ont centuplé la mort et leur valeur.
Ces escadrons, dignes de l'âge antique,
Quand vint le soir n'étaient pas revenus!
Attendons-les, dit l'armée héroïque...
Leur chef répond : il n'en existe plus!!!
  On avait vu, etc.

# LES AMOURS DE L'ARTISAN

Paroles et musique de M. POT-LOUIS.

De mon grenier je chéris la misère
De mon grenier j'aime la nudité :
Enfant du peuple, oublié sur la terre,
Mon luxe à moi, c'est la simplicité,
Pour décorer ma modeste mansarde,
Du superflu je n'ai pas les atours ;
Tu l'embellis, soleil qui la regarde (*bis*).
De l'artisan, Dieu bénit les amours (*bis*).

L'humanité, cette divine source,
A mon logis préside chaque jour ;
Parfois ma main ouvre petite bourse,
Mais c'est le cœur, lui, qui donne à son tour.
Petits oiseaux, j'entends votre ramage,
Qui sur mon toit, implore mes secours ;
D'un peu de pain, je vous fais le partage,
De l'artisan, Dieu bénit les amours.

Pour moi la vie aurait bien moins de charmes,
Si j'écoutais les fastueux désirs,
Où vous n'avez bien souvent que des larmes
Pour effacer la tache des plaisirs.
Au droit chemin de la route féconde,
Un vieil ami me guide dans son cours :
C'est Lamennais, c'est l'apôtre du monde,
De l'artisan Dieu bénit les amours.

Tout comme vous, je pouvais d'un bel ange
Prendre la fleur, effeuiller le printemps ;
Puis l'oublier, le pousser dans la fange,
Où les mépris eût doté ses vingt ans.
En respectant la timide colombe,
J'ai des remords éloigné les discours :
En paix je puis descendre dans la tombe :
De l'artisan Dieu bénit les amours.

# BLANCHE ET BLONDE

Paroles de Henry SHENRY

Air de : *Musette.*

En écoutant la chansonnette
Que disait le ménétrier,
Je rêvais au chant de Musette
Devant le vieux calendrier,
Et puisque aujourd'hui c'est dimanche,
Jour où l'amour se cache aux bois,
Je vais chanter pour vous, ô Blanche!
La chanson promise deux fois.

Dans ma chanson je voudrais dire
Tout ce qui parle de bonheur,
Votre voix, votre joyeux rire
Et ce qui rêve au fond du cœur.
Chère Musette, de l'autre monde
Où l'ange vient de t'appeler,
Penche gaîment ta tête blonde,
Vers toi mon chant veut s'envoler.

La voix du vieux coucou fidèle
Dit l'heure des derniers beaux jours;
A ma fenêtre l'hirondelle
Quitte le toit de ses amours.
Voici l'hiver, et, sur la branche,
La neige irise ses cristaux.
Quoi donc, pour vous, chanter, ô Blanche!
Lorsque se taisent les oiseaux?

Aux doux rêves de l'espérance
Laissez votre âme s'endormir :
L'hiver est fait pour l'indolence
Et les parfums du souvenir.
Quel plaisir quand le regard sonde
Les méandres de l'incertain !
Rêvez toujours, rêvez, ô blonde!
Sous les caresses du destin.

Si ma chanson ne sait vous plaire,
N'en dites rien à vos amis ;
Il est minuit !... je vais me taire
Car les échos sont endormis.
Mais si ma muse vive et franche
Auprès de vous perd sa raison,
N'écoutez pas, riez, ô Blanche
Et pardonnez à ma chanson.

# LES VINS FRANÇAIS.

CHANSON BACHIQUE.

Paroles d'Auguste HARDY.

AIR : *Les jolis pantins.*

Lorsque le soleil reparaît sur terre
Et que ses rayons dardent nos coteaux,
Nous sommes heureux, car chacun espère
En voyant pousser les bourgeons nouveaux,
Remplir de bon vin beaucoup de tonneaux.
Et pour saluer la nouvelle aurore
On entend les bons vignerons joyeux
Dire : nous pouvons bien en boire encore,
Le soleil est beau, faut vider le vieux.

Oui les vins de France — Sont bien les meilleurs
Par leur abondance—Ils chauffent les cœurs.
Si l'on est malade, — Il faut mes amis,
Boire une rasade — De vin du pays !

Tout buveur le sait, le vin de Bourgogne
Sait dans notre cœur mettre la gaîeté.
Et quant au Bordeaux, moins cher à l'ivrogne,
Il sait relever un cœur attristé
Et rendre un malade en bonne santé.
Le vin des amours vient de la Champagne,
Il est pétulant et vous charme l'œil;
Quant au parisien, la gaîeté le gagne
En allant siffler le vin d'Argenteuil.
Oui les vins, etc.

Non, pour le nectar, rien ne vaut la France;
Il est recherché des pays lointains,
Qui, malgré leurs crus, donnent préférence
A tous nos bons jus, car ils sont divins;
Or, chantons amis : vive tous nos vins !
Ils ont tous pour eux : couleur magnifique,
Délicieux goût, divine chaleur,
Ils nous font aimer... c'est un baume unique.
Qui du genre humain fait le vrai bonheur.
Oui les vins, etc.

# QU'IL EST BÊTE C' GARÇON LA

AIR *du Vieux Farceur,* ou: *Hé, ma Mère!*

La gentille Madeleine,
En soupirant l'autre jour,
Disait: Dieu! qu'on a de peine
Pour se faire aimer d'amour,
A Nicolas j' voudrais plaire
Et j' fais tout c' que j' peux pour ça;
Lui, n' fait rien pour m' satisfaire..
Qu'il est bête, c' garçon-là!
Vraiment, c'est à n'y pas croire
Combien il est peu galant.
A s' démonter la mâchoire,
Il bâille en me regardant.
Quand il a, tout à son aise,
Bien poussé des oh! des ah!
V'là qu'il ronfle sur sa chaise...
Qu'il est bête, c' garçon-là!
Il vient me rendre visite
A ma fête, l' mois passé,
A m'embrasser je l'invite,
Croyant le voir empressé.
Mais il me répond : Mam'selle,
J' craindrais d' chiffonner, oui-dà,
Votre beau fichu d' dentelle...
Qu'il est bête, c' garçon-là!
F'ra qui voudra sa conquête,
Moi, j'y renonce, vraiment,
Avec lui, cela m'embête.
J' rest'rais fille... c'est vexant.
Pour lui, je m' suis mise en quatre,
Voyez comme il m'en paya.
Pour le toucher faudrait l' battre.
Qu'il est bête c' garçon-là!

# SOUVENIRS DU PAYS

ROMANCE.

Paroles de SHENRY.

Air : *T'en souviens-tu.*

Salut ! salut ! beaux lieux de mon enfance,
Salut ! témoins d'un bonheur envolé ;
Je viens vers vous qui donnez l'espérance
Trouver l'oubli pour mon cœur désolé
En revoyant le côteau plein d'ombrage
Où maintenant je m'assieds inconnu.
Je cherche en vain les traces du jeune âge,
Mais, seul, l'écho me dit : t'en souviens-tu ? (*bis.*)

Te souviens-tu des rêves de jeunesse,
Sylphes charmants qu'enfantait le bonheur,
Lorsqu'à nos cœurs, ainsi qu'une caresse,
L'amour parlait son langage enchanteur ;
Tu me disais : je t'ai donné mon âme,
Que notre amour ne soit jamais rompu....
Rêves dorés, ardente et pur flamme,
Vous n'êtes plus !... hélas ! t'en souviens-tu ? (*bis.*)

Te souvient-il, ô chère bien-aimée,
De la rivière où plongeait le côteau
Et que ridait la brise parfumée
Faisant glisser notre léger bateau
Lorsque, le soir, ta voix vibrante et fière
Par ses chansons berçait mon âme ému,
Souvent des pleurs perlaient à ta paupière.. (*bis.*)
O jour heureux! dis-moi t'en souviens-tu ?

Te souviens-tu des rochers du rivage
A ce moment où la lame s'endort,
Et du sentier qui montait au village
En sillonnant les landes au fleurs d'or ?
Sous les sapins, nous marchions en silence,
Ton bras charmant à mon cou suspendu,
Et seuls nos cœurs se parlaient d'espérance ; (*bis.*)
De ces beaux soirs, dis-moi t'en souviens-tu?

Te souviens-tu de cette vieille église
Ou nous allions prier chaque matin
Quand l'*Angelus* tintait à l'aube grise
Et qu'en passant ta main pressait ma main,
Sur son autel, la Vierge au doux sourire
Semblait bénir notre amour ingénu ;
Sa voix, pour nous, harmonieuse lyre, (*bis.*)
Disait : amour !... hélas ! t'en souviens-tu ?

Ils ne sont plus ! ils ont passé rapides
Ces jours si pleins d'amour et de plaisrs ;
Sur nos deux fronts le temps a mis des rides,
Hélas ! voici l'âge des souvenirs !
A ! si parfois ton âme se réveille
Au souvenir de notre amour perdu,
Vers le passé, chère, prête l'oreille, (*bis.*)
L'écho lointain redit : t'en souviens-tu ?

# LES VIGNERONS D'ARGENTEUIL

Paroles de JOSEPH ÉVRARD.
Musique de LIÈBEAU.

*La musique se trouve chez Mme veuve Roger, 22, rue des Écouffes.*

Lorsqu'Argenteuil sur l'horizon dessine
Ses gais côteaux chargés de pampres verts,
Que le soleil lui manque ou l'enlumine,
Toujours il plait sous ses aspects divers.
La brume même, en ses formes bizarres,
Peut l'embrasser, l'artiste y rêvera.
Riche nature en ses beautés peu rares,
Argenteuil plut au peintre Lantara.

Salut, vigneron, salut, vignronne,
Nous revenons faire accueil
Au sang de la terre, aux pleurs de l'automne ;
Et nous vidons presque à l'œil
Les brocs, les flacons des bons vignerons
Des bons vignerons d'Argenteuil.

Voici venir la gentille grisette
Type perdu, par Paul de Kock chanté,
Elle renaît en sablant la piquette,
Pauvre d'argent, mais riche de gaieté.
Aux jours d'ennui les tristes courtisanes
Dans leurs grands vins versent des pleurs brûlants;
Toi dont le cœur n'a pas d'amours profanes,
Reste avec nous pour boire à ton printemps.
Salut, etc.

De vieux guerriers oubliant leur souffrance
Ont jusqu'ici porté leurs pas tremblants;
Ils vont fêter les couleurs de la France
Dans nos vins bleus, nos vins rouges et blancs.
Je vois en eux la phalange héroïque
Où, beaux de gloire et grands sous les haillons,
Nos fiers soldats, fils de la République,
Au nez des rois prenaient tous leurs canons.

Salut, etc.

Ces artisans qui viennent là pour boire
Ont eu leur part d'élan national,
Ils ont aussi leurs fastes dans l'histoire,
C'est le Bourget, Champigny, Buzenval ;
Oh ! jeunes gen sque la bravoure entraîne
Pourquoi pleurer ? Déjà l'aurore a lui,
La France un jour, vraiment républicaine,
Vous vengera des affronts d'aujourd'hui.

Salut, etc.

Mais, palsembleu ! moi-même je festonne
En esquissant ces vers de mon tableau,
Il se fait tard, bonsoir la vigneronne,
Gloire à tes vins, salut à leur côteau.
Buveurs groupés sous de vertes tonnelles
Un grain d'espoir rit dans votre vin clair,
C'est pour vous seuls qu'aux heures fraternelles
La liberté met son bonnet en l'air.

Salut, vigneron, salut, vigneronne,

# DIX-HUIT PRINTEMPS

Paroles d'Alfred BOURRELIER.

Air de *ma Paquerette.*

Inspire-moi, muse divine
Le quinze mars, moi j'ai chanté
En votre honneur, ô ma cousine,
Car vos dix-huit ans ont sonné :
Oui, je vous le dis sans mystère,
J'attends ce jour depuis longtemps;
Pour fêter votre anniversaire,
Et chanter vos dix-huit printemps.

A dix-huit ans, c'est le bel âge,
Quand on est blonde aux jolis yeux,
La taille fine et frais visage...
On ne peut manquer d'amoureux :
Ecoutez mon conseil, Marie,
Que cela soit dit entre nous :
Pour être heureuse en cette vie,
Il faut bien choisir son époux.

Mais, à votre âge, on aime plaire,
L'on est fière d'entendre un jour
Un joli garçon, nommé Pierre,
Qui vous fait des serments d'amour :
Cet amoureux au doux langage,
Dit qu'il fera votre bonheur...
N'acceptez-pas ce mariage,
Sans bien consulter votre cœur.

Votre mère est là, ma cousine,
Elle vous conseillera bien.
Suivez ses conseils, j'imagine
Qu'ils seront meilleurs que le mien:
Il faut me pardonner, Marie,
D'avoir chanté vos dix-huit ans.
Trop heureux, si ma poésie,
Vous a charmé quelques instants.

# SOUVIENS - TOI

## DE TA VIEILLE MÈRE

Paroles de A. BERMOND.

AIR : *Je vais revoir ma Normandie.*

L'amour est une chose sainte
Qui nous fait chercher un ami ;
Ma fille, épouse donc sans crainte
Celui que ton cœur a choisi.
Aimable enfant, qui m'est si chère,
Un autre toit va t'abriter,
Souviens-toi de ta vieille mère } *bis.*
Le jour où tu vas la quitter.

Déjà ta belle robe blanche
A ton bonheur te fait songer,
Et je vois ton front qui se penche,
Paré des fleurs de l'oranger.
Ici bas, tout est éphémère,
L'amitié seule peut durer,
Souviens-toi de ta veille mère } *bis.*
Au moment de t'en séparer.

Chère enfant, je me sens joyeuse,
Et des pleurs coulent de mes yeux.
Ah ! c'est qu'en te voyant heureuse,
Il faut t'adresser mes adieux.
Celui pour qui tu deviens chère
Ne verra point mon cœur jaloux,
Souviens-toi de ta vieille mère, } *bis.*
Sans cesser t'aimer ton époux.

Demain, sous la nef de l'église,
A genoux au pied de l'autel,
Tu vas innocente et soumise,
Prêter un serment solennel.
En faisant à Dieu ta prière,
Pour qu'il veuille bien te bénir,
Souviens-toi de ta vieille mère, } *bis.*
Qui ne vit que pour te chérir.

Allons, approche-toi, ma fille,
Et prends ce baiser triste et doux,
Avant que ton beau front qui brille,
Reçoive celui de l'époux.
Quand tu dicteras la prière
A tes petits enfants émus,
Souviens-toi de ta vieille mère, } *bis.*
Qui pour toujours ne sera plus.

# PAUVRE ORPHELIN !

## SOUVENIR DE LA GUERRE

Paroles de Maurice Patez.

Air des *Deux Printemps*.

On entendait le bruit de la bataille,
Des feux épars éclairaient l'horizon,
Et dans les rangs la brûlante mitraille
Accomplissait son horrible moisson...
Ma mère et moi, les yeux baignés de larmes,
Agenouillés sous notre pauvre abri
Nous prions Dieu de protéger nos armes
De délivrer notre sol envahi.

Oh ! combien je maudis la gnerre !
Cruel destin !
Par elle, je n'ai plus de mère...
Pauvre orphelin !

Prions, mon fils, drions, disait ma mère,
Pour le soldat qui tombe en combattant;
Heureux s'il voit à son heure dernière
De l'ennemi les bataillons fuyant.
Puisse ce jour de sanglante mémoire,
Rendre à la France un élan généreux;
Qu'à ses efforts répondant la victoire
Couvre nos deuils d'un voile glorieux.

Oh ! combien je maudis la guerre !
Cruel destin !
Par elle, je n'ai plus de mère...
Pauvre orphelin !

Le choc bruyant de cette lutte affreuse,
Faisait trembler l'écho des alentours.
La fusillade éclatait, furieuse,
Et le canon grondait, grondait toujours.
Il se rapproche... et l'oreille inquiète,
Nous entendons le clairon, mais, hélas!
De nos soldats il sonnait la retraite,
Et l'ennemi s'avance sur leurs pas.

Oh! combien je maudis la guerre!
Cruel destin!
Par elle, je n'ai plus de mère...
Pauvre orphelin!

Mais tout à coup notre pauvre chaumière
Paraît en feu! nous fuyons éperdus :
Et de son corps me couvre encor ma mère.
Le plomb dans l'air passait avec l'obus.
Mais ô douleur! je la vois qui chancelle,
A mes sanglots elle ne répond pas;
Frappée au cœur d'une balle mortelle
Elle expira, me pressant dahs ses bras.

Oh! combien je maudis la guerre!
Cruel destin!
Par elle, je n'ai plus de mère...
Pauvre orphelin!

# LA
# MÈRE ANGOT

BIOGRAPHIE CHANTÉE

**Par un Fort de la Halle**

DANS

## SES DÉLASSEMENTS COMIQUES

Paroles de H. CHATELAIN.

AIR : *Allez vous asseoir.*

Dans le quartier de la halle
Jadis existait
L'orgueil de la capitale,
Chacun en parlait.
Elle n'était pas bégueule,
Mais, nom d'un tonneau!
Fallait pas que l'on s'engueule
Avec la mère Angot. (*bis.*)

Il fallait voir, le dimanche,
Lorsqu'elle mettait
Jupon court et guimpe blanche
Et fringant bonnet.
Mais, quoiqu' pimpante et parée,
Gare au god'lureau
Qui r'luquait trop la marée
De la mère Angot. (*bis.*)

On dit qu'elle eut une fille
Qu'elle mria
Avec un garçon bon drille,
Qui toujours l'aima.
Aussi quand vint la vieillesse.
Dans chaque marmot,
Ell' retrouva sa jeunesse
C'tte bonn' mère Angot. (*bis.*)

Bref, c'était un' crème de femme,
Lorsqu'un jour, hélas!
Elle dut rendre son âme
Pour aller là-bas,
A sa demeure dernière.
Tout l' mond' du carreau
Alla pleurer sur la pierre
De la mère Angot. (*bis.*)

La moral' de cette histoire,
C'est que des brav's gens
On gard' toujours la mémoire,
Mêm' pendant cent ans.
Qu'un'efemme soit franche et bonne,
Chaucn dit bien haut
Que lmodèl' qu'ell' se donne,
C'est la mère Angot. (*bis.*)

# LA CHANSON
## DES
# VIGNERONS

### A Propos de Vendanges.

Paroles d'ALPHONSE VIGNON.

AIR : *Des Pompiers de Nanterre.*

Voici l'automne qui commence,
Debout vignerons de la France !
On aperçoit sur les coteaux
Des raisins qui sont des plus beaux ;
Gaiement nous remplirons
Du jus que Dieu nous donne
Jusqu'au bord chaque tonne,
Après nous chanterons.

REFRAIN.

Vivent, mes amis, vivent les vendanges
Car c'est la saison chère, à tous nos cœurs
Où le vigneron adress' des louanges
Et jette des fleurs
A Bacchus, dieu des vrais buveurs.
Tra la, ila (*Bis.*)
Bonheur srns mélanges ;
Tra la ila (*Bis.*)
Que ce moment là !

Chacun son goût, son caractère,
Au bon vivant le vin sait plaire,
Aussi quand le raisin murit
Plein d'espoir on l' voit qui sourit,
Il se dit, satisfait :
J'verrai dans ma bouteille
Cette liqueur vermeille,
Ah ! quel bon p.chenet !

Vivent, etc.

Ce jus, quand il en fait usage,
Fait rendre l' garçon le plus sage,
Sitôt qu'l en boit, amoureux
Des fillettes aux jolis yeux,
Son cœur tout en émoi
Drôlement lui fait dire :
Pourquoi donc je soupire ?
Je n'en sais rien, sur ma foi,

Vivent, etc.

S'il n' poussait plus d' raisins en France
Ah morbleu ! quand seul'ment j'y pense
Ça me rend je ne sais comment,
Heureus'ment qu' pour notre agrément.
On voit tous nos coteaux
Chargés d' la grappe divine,
C' qui fait que j' m'imagine
Vider quelques tonneaux.

Vivent, etc.

# LES
# RÊVES D'OR

Paroles de Julien FAUQUE
Air : *Vive Paris* ou *Béranger à l'Académie* ou *T'en souviens-tu*.

Lors que le soir, ma tâche terminée,
Gai travailleur, je reviens au logis,
Des fugitifs souhaits de la journée
La sollitude assemble les débris;
Si l'espérance est le ciel de la vie,
Dans l'avenir j'attends un meilleur sort;
Le cœur rempli de douce poésie,
Pauvre ouvrier, je fais des rêves d'or.

De tous côtés s'écroulent les barrières,
Qui soutenaient un vieux monde perclus;
L'humanité rompt toutes les lisières,
Qui maintenaient ses pas dans les abus;
L'âge de fer devient une chimère,
Le progrès suit un magnifique essor;
Et l'homme voit dans tout homme son frère
Pauvre ouvrier, je fais des rêves d'or.

Oui, désormais, au plus lointain rivage,
Le droit surgit aussi prompt que l'éclair,
Et le maudit démon de l'esclavage
Va retourner dans la nuit de l'enfer;
Sur l'esclavage et ses sanglantes haines,
La Liberté pousse le cri de mort;
Je vois l'esclave allégé de ses chaînes;
Pauvre ouvrier, je fais des rêves d'or.

Dieu, pour créer, ici-bas, l'harmonie,
Pour ramener la paix dans tous les cœurs,
A fait descendre, en son puissant génie,
Un messager des célestes hauteurs;
Ce messager, d'une sublime sphère,
Vient du bonheur apporter le trésor,
Car c'est l'amour qui descend sur la terre:
Pauvre ouvrier, je fais des rêves d'or.

# LE GUEUX
## ET
# LES MOISSONNEURS

Paroles de JONATHAN.

Air : *les Cuirassiers de Reischoffen.*

Un vagabond se traînant sur la route,
Vers le passant, tendait sa faible main,
Ne sachant point tout ce qu'un seul pas coûte,
En poursuivant chaque jour ce chemin.
Fermant les yeux pour se cacher la vie,
Près d'une ferme, il tombe de langueur,
Quand une voix, dans un beau chant s'écrie,
En ranimant les fibres de son cœur :

REFRAIN

Vrais moissonneurs, guidés par la raison,
Plus de misère où notre honneur se livre,
Nous conquérons alors le droit de vivre,
Quand nos sueurs ont nourri la moisson ! *bis*

Le vagabond étonné d'une larme,
Que trop tremblants ses doigts n'ont pu sécher,
Se dit : mon Dieu, ce travail qui les charme,
A leur bonheur n'a donc su m'attacher.
Pour travailler, la force m'abandonne,
Mais pour manger j'ai les restes du chien ;
Quand tout à coup, dans son âme résonne,
Le même chant qui le ramène au bien !

Vrais moissonneurs etc.

Ces moissonneurs, sont heureux dans leurs plaines
Dit le pauvre homme, étouffant un soupir.
Là, je croyais qu'on n'avait que des chaînes,
Que le soleil dorait pour éblouir.
Je vais aller frapper à cette porte,
L'on m'ouvrira... qu'on guérisse mes maux!
Sinon, un jour... Du chant, la voix plus forte,
L'interrompit, quand il vit une faulx.
Vrais moissonneurs etc.

Puis, il ajoute, en recoubant la tête,
Et rougissant de s'être révolté:
Je n'irai plus au rang de toute bête.
J'aurai le droit que je me suis ôté.
Mais au travail, je sais bien que répondre:
A l'atelier, sur de plus petits qu'eux,
Ces moissonneurs aiment souvent à tondre...
Ici, le chant fit tressaillir le gueux.
Vrais moissonneurs etc.

Le vagabond se lève et vers la porte,
Dirige enfin ses pas moins chancelants,
Il ne sent plus tout le passé qu'il porte,
Et pour frapper, ses doigts sont moins tremblants,
Un enfant ouvre et pour l'argent qu'il jette,
Le gueux, s'écrie : ah ! je suivrai les lois
Du saint travail, où dans sa noble fête,
A votre chant doit manquer une voix.
Vrais moissonneurs etc.

# LA JARRETIERE
# DE SUZETTE

Paroles de A. PERREAUD.

AIR : du *Chapeau de la Marguerite.*

A quinze ans, j'ai connu Suzette :
Elle était folle et sans apprêts;
Comme un pigeon blanc sa cornette
Volait au-dessus des genêts;
Elle marchait vive et légère,
Et si quelque fois, de six pas,
Sur ses talons glissaient ses bas,
Elle ne s'en tourmentait guère;
Aussi, le soir comme au matin,
Chacun, alors, sur le chemin
Put ramasser sa jarretière. *Bis.*

A seize ans, j'ai revu Suzette,
Toujours gai et le rire aux dents
Mais sa mine était plus coquette
Lorsque passaient nos jeunes gens.
Le dimanche, elle était plus fière
De sa toilette et sa croix d'or,
Pourtant elle courait encor.
C'est surtout en dansant dans l'air
Aux sons enlevants du biniou
Que juste au-dessus du genou
On pouvait voir sa jarretière. *Bis.*

A vingt ans, je revois Suzette :
A peine si dans sa beauté
J'ai bien reconnu la fillette
Dont on admirait la gaîté.
Elle est grave et parait altière :
Une princesse n'aurait pas
Plus d'orgueil avec plus d'appas;
Vite, qu'elle épouse un notaire !
C'est pour le moins ce qu'il lui faut.
Maintenant, c'est encor plus haut
Qu'on trouverait sa jarretière ! *Bis.*

# LES
# EPT JOURS
# DE LA SEMAINE

AIR *connu*, ou du *Vieux Farceur*,

Lundi, pour une semaine;
Partit la mère à Suzon,
Je rencontrais l'inhumaine
Et je lui dis sans façon :
Me permettrez-vous la belle
D'aller vous voir un matin?
—Oui-dà, monsieur, me dit-elle,
Vous pouvez venir demain.

Mardi j'y cours dès l'aurore
Et me jette à ses genoux ;
Ma Suzon, je vous adore
Et ne veux aimer que vous.
Voulez-vous m'aimer de même?
Quoi! vous ne répondez rien !
—Moi, monsieur, si je vous aime,
Je vous le dirai demain.

Mercredi, pour ma tendresse,
Quel moment délicieux,
De ma charmante maîtresse
J'obtins le plus doux aveux.
Je voulus prendre pour gage

Bouquet placé sur son sein.
—Tout beau, monsieur, soyez sage,
Vous me le prendrez demain.

Jeudi je lui dis : ma chère,
Tu m'as promis ton bouquet,
Et j'obtins de la bergère
De le prendre à son corset.
Ah ! dans l'ardeur qui m'agite
Laisse-moi baiser ta main.
—Monsieur, vous allez trop vite,
Vous la baiserez demain.

Vendredi, pétillant d'aise,
Je lui rappelle mes droits;
Je prends sa main, je la baise,
La rebaise mille fois.
Ah ! laisse-moi sur ta bouche
Te faire un plus doux larcin.
—Non, je défends qu'on y touche.
Nous en parlerons demain.

Samedi, cette lutine,
Ne peut me le refuser,
Et sur sa bouche divine
Je cueillis un doux baiser.
Dans mon amoureuse ivresse
J'allais un peu trop grand train.
—Monsieur, me dit la traîtresse,
Songez donc au lendemain.

Dimanche, d'un air plus leste,
Par mes succès enhardi,
Je demandais tout le reste
Quand Suzon me répondit :
Tout le long de la semaine,
On travaille, c'est fort bien,
—Mais dans l'Eglise romaine,
Le dimanche on ne fait rien.

# LA MORT DU MOUSSE

Paroles de N. LANGE.

Air : *Elle me pleurera.*

Sur le pont dévasté d'une frêle corvette
Un enfant éploré priait à deux genoux,
Par les vents déchaînés d'une horrible tempête
Il va périr, hélas ! dans les flots en courroux ;
En ce moment terrible, il songe à son village,
Où l'attend dans les pleurs celle qui l'aime tant.
Adieu, lieux bien chéris, compagnons du jeune âge
Je ne vous verrai plus, dit-il en soupirant.

O destin malheureux adieu ma bonne mère ;
Je vais trouver la mort dans le flot furieux ;
Je ne te verrai plus, du moins sur cette terre,
Nous nous retrouverons, j'espère, dans les cieux.

Sur le gouffr ebéant le navire se balance,
Les marins consternés n'espèrent plus au port ;
Le ciel est tout en flamme, hélas ! plus d'espérance
Dieu seul peut les sauver de cette horrible mort ;
En vain de tous côtés, sur la vague écumante,
Ils cherchent un secours, et rien ne vient, hélas !
Du trois mâts entraîné la perte est imminente,
Et le mousse gémissant, prosterné, dit tout bas

O destin malheureux,

D'un éclair effrayant, la nue est déchirée,
La foudre en sillonnant, frappe les matelots ;
La corvette aux abois, s'inclinant démembrée
Dans un dernier élan, disparaît sous les flots.
Sur les débris flottants dispersés sur l'abime,
Mourant, ensanglanté, gît le pauvre petit ;
En ce moment suprême, dans un élan sublime,
Levant les bras au ciel sa voix mourante dit :

O destin malheureux, etc.

# ENCORE UNE FEUILLE QUI TOMBE

Paroles de J. CHAPONET.

Air du *Premier Bal* ou *Dansons, dansons, fêtons la valse folle*

Encore, encore une feuille qui tombe,
Obéissant aux ordres du Destin ;
Une âme en pleurs qui marche vers la tombe,
Et qui des cieux va prendre le chemin.

Mère, on m'a dit : Quand le vent de la nue
Agitera les bras du vieux tilleul,
Dont les débris sur la campagne nue
Auront jeté comme un pâle linceul,
Vous entendrez chaque feuille jaunie
Comme un lutin dire le chant d'adieu ;
Car chaque feuille est une âme ravie
Qui dit : Priez pour ceux qu vont à Dieu.

Encore, encore une feuille qui tombe.
Obéissant aux ordres du Destin ;
Une âme en pleurs qui marche vers la tombe,
Et qui des cieux va prendre le chemin.

C'est du hameau l'oracle centenaire,
On s'inclinait devant ses cheveux blancs
Il était las de marcher, et la terre
Se dérobait sous ses pas chancelants...
C'est un enfant sur le seuil de la vie,
— Le sort parfois moissonne les berceaux ! —
A son aurore une feuille flétrie
Cherche sa place au milieu des tombeaux.

Encore, encore une feuille qui tombe,
Obéissant aux ordres du Destin ;
Une âme en pleurs qui marche vers la tombe,
Et qui des cieux va prendre le chemin.

Seize printemps, et déjà fiancée,
Les fleurs de mai-la paraient pour l'autel;
De doux pensers son âme était bercée,
Son front brillait de l'azur d'un beau ciel...
La bise souffle, et la fleur détachée
Comme les flote voit fuir ses rêves d'or,
Et par les airs, à sa tige arrachée,
Vole et tournoie aux caprices du sort.

Encore, encore une feuille qui tombe,
Obéissant aux ordres du Destin ;
Uue âme en pleurs qui marche vers la tombe,
Et qui de cieux va prendre le chemin !

La moissonneuse, à peine effeuillant l'herbe,
Les yeux fermés, amasse son trésor;
Sa folle main dans sa fatale gerbe
Aux épis verts mêle les épis d'or.
Tout obéit à sa faux inquiète
Qui sans repos rase l'humain sillon :
Le lis superbe et l'humble violette
Qui se cachait à l'ombre du buisson.

On voit toujours une feuille qui tombe,
Obéissant aux ordres du Destin ;
Une âme en pleurs qui marche vers la tombe,
Et qui des cieux va prendre le chemin.

# HISTOIRE

# DE LA

# GRISETTE

Paroles de Désiré ROGER.

Après dessert, chansons, contes badins,
Chantez, chantez, ô ma belle Octavie,
De la grisette, ah! contez-nous la vie.
— Vous le voulez? Ecoutez, muscadins.
Elle a seize ans, son tendre cœur soupire,
Fille du peuple, elle rêve un époux
Pauvre comme elle, ô que son cœur est doux.
Ecoutez bien, messieurs, vous allez rire.

Vous prometirez, quand chez vous elle ira,
Riche toilette et brillant équipage;
Vous êtes jeune et beau, votre langage
Est séduisant, elle succombera.
La nuit est grande, éperdue, en délire,
Croyant enfin trouver le vrai bonheur,
La pauvre enfant vous livre son honueur.
Ecoutez bien, messieurs, vous allez rire.

Deux ans plus tard, trop vielle, hélas ! pour vous
Elle descend par les veilles blémie,
Sombre et distraite, elle devient l'amie
D'un vieux rentier, cousu d'or, de bijoux
Oh! si l'ingrate, au lieu de vous maudire.
Savait, messieurs, mieux vous apprécier,
Elle devrait vous remercier.
Ecoutez bien, messieurs, vous allez rire.

Elle a trente ans, et le vieux Céladon,
De son passé déjà lui fait un crime.
a pauvre fille alors tombe victime
'un exploiteur de son lâche abandon.
ais son travail, pour deux, ne peut suffire :
Ce que voyant, cet abject déhonté,
a livre un jour à l'impudicité.
coutez-bien, messieurs, vous allez rire.

éfléchissez, quand le soir, sur vos pas,
ous rencontrez une fille perdue,
i cette femme est si bas descendue,
est votre ouvrage, oh! ne l'insultez pas!
a honte au front, vous devriez vous dire,
n évitant d'attirer ses regards,
e peuplons plus ces hideux lupanars.
coutez-bien, messieurs, vous allez rire.

âge est venu, n'étant plus bon à rien,
ous avez fait un riche mariage,
'enfants blondins le charmant babillage
endra tromper l'ennui d'un froid hymen;
endant ce temps, votre grisette expire
le suicide ou bien à l'hôpital.
e cette histoire, amis, m'a fait de mal!
vous, messieurs, vous avez dû bien rire!

# TABLE

Paris. — Typ. Morris Père et Fils, rue Amelot, 64.

Paris. — Typ. Morris Père et Fils, rue Amelot, 64.

www.ingramcontent.com/pod-product-compliance
Ingram Content Group UK Ltd.
Pitfield, Milton Keynes, MK11 3LW, UK
UKHW020413230726
13925UKWH00004B/1393

9 782014 064681